SOLUTIONS

1 Le montant est le même pour les deux factures, soit 60 francs. **2** Il y a 10 parrains de la maison de vente, 30 anciens membres et 60 nouveaux membres. **3** Le père a déplacé les chaises et les a assis dos à dos. **4** Il est à pied. **5** Il y a 62 pattes (les humains ont des jambes et des bras). **6** Monaghan est arrivé 2e. **7** L'enfant va bien, il était simplement sur un manège. **8** Il va y poser 5 morceaux de charbon. **9** Le majordome pourra faire 111 chandelles. D'abord, avec 1 000 chandelles, il en fera 100; quand elles auront brûlé, il en refera 10; puis quand elles auront été utilisées, il en refera une dernière. **10** Le cuisinier. L'inspecteur a été appelé vers 19 h et la mort datait d'environ trois heures, le cuisinier ne pouvait donc pas être en train de préparer le petit-déjeuner. **11** La mère avait 43 ans à cette époque. **12** 20 votes (le sien + le vote de 19 autres membres). **13** Le verre était rempli d'eau! **14** Henriette doit d'abord couper le gâteau en croix: il y a ainsi quatre parts faites en deux coups de couteau. Le troisième coup de couteau est donné sur la tranche, sur toute l'épaisseur. Le gâteau est divisé en deux disques, ce qui donne huit parts. **15** 41 286 – 7 953 = 33 333. **16** Il place d'abord 3 lingots sur chaque plateau. Si la balance est à l'équilibre, aucun des 6 lingots n'est le bon : il prend alors les 3 restants pour la deuxième pesée. Si la balance penche d'un côté, on conserve les 3 lingots du plateau le plus lourd. Pour la deuxième pesée, il faut poser un lingot dans chaque plateau. Soit la balance penche du côté du lingot le plus lourd ; soit elle est à l'équilibre, et le bon lingot est alors celui restant, non pesé. **17** C'est possible, en chiffres romains : XIX – I = XX. **18** Q – 5 – C. À chaque fois, la lettre qui suit le chiffre est l'initiale de celui-ci. **19** Parce que s'il se penchait en avant, il tomberait dans la barque ! **20** 8 pierres seulement. Le complice va poser la première dès maintenant, et il est inutile de numéroter la dernière puisqu'il ne restera que celle-là ! **21** « Prochain vol chez le baron Cahorn. » La dernière lettre d'un mot et la première du mot suivant sont interverties. **22** Il y a trois macarons : un vert, un rose et un marron. **23** 5 francs, le prix de la boîte. Puisque le panier coûte 100 francs de plus, il est à 105 francs. **24** Le sablier. **25** Il faut placer une lettre dans chaque case (H-U-I-T-C-R-A-I-E-S). **26** Ils étaient tout simplement à des tables différentes, chacun jouant des parties contre d'autres personnes. **27** Mme Imbert a 58 ans et son chien a 8 ans. **28** « Rendez-vous au musée. » Il faut garder la première lettre de chaque mot. **29** Le commerçant a perdu 50 francs, soit le prix des chaussures et la monnaie qu'il a rendue à la cliente. **30** 13112221 : il faut lire à haute voix. **31** Arsène va murmurer « 17 » : il compte le nombre de points visibles sur le dé, c'est-à-dire tous sauf ceux de la face du dessous. **32** Vendredi. **33** Lupin a écrit le nombre douze en chiffres romains, c'est-à-dire XII. Puis il a caché la moitié inférieure de ce qu'il a écrit et a alors lu VII. **34** Les 12 bottes qui ont pu sécher. **35** De gauche à droite : les escarpins, les souliers et les bottines. **36** 10 fois. L'aiguille des minutes dépasse l'aiguille des heures une fois par heure, mais étant donné qu'elles commencent et terminent l'une sur l'autre, on ne peut pas considérer que la petite aiguille est dépassée. **37** De gauche à droite : noir, gris, roux, gris, noir, roux. **38** Deux d'entre eux ont bu de la bière, du vin et un whisky. Le troisième n'a rien bu. **39** Toutes les chandelles auront fondu, excepté les trois qui ont été éteintes par le courant d'air. **40** C'est impossible. Si sa femme est veuve, c'est qu'il est décédé. **41** Les 3 gardes se déplacent en cercle, les uns derrière les autres. **42** Sa mère. **43** Le 14 juillet existe dans tous les pays qui ont un calendrier grégorien... En revanche, il n'est pas la fête nationale! **44** C'est celui qui dit la vérité. Si celui qui ment prononçait cette phrase, qui est la vérité, ce ne serait plus un menteur! **45** Assurance («as» sur «anse»). **46** Arsène Lupin a acheté trois articles à 1 franc, deux articles à 2 francs et un article à 3 francs. **47** Arsène se trouve sur la quatrième marche. De haut en bas: Maurice Leblanc, Sonia Krichnoff, la comtesse de Cagliostro et Arsène Lupin. **48** Il y a trois générations, entre le grand-père et le petit-fils. Celui du milieu est à la fois père et fils. **49** «Cette phrase contient vingt-cinq consonnes. Celle-ci contient treize voyelles.» **50** 9. Tous les chiffres sont croissants et s'écrivent avec 4 lettres. **51** Il s'agit de chiffres romains: XXX. **52** Il s'agit des rubis. Il y a, de gauche à droite: les saphirs, les rubis et les diamants. **53** Un pantalon. **54** Ils sont 9: le père, la mère, les 6 filles et leur frère à toutes. **55** Victor est l'aîné. Viennent ensuite Justin et enfin Anne.

56 10 ans. Quand le chien marron avait 1 an, le chien blanc avait 2 ans. Quand le chien marron avait 2 ans, le chien blanc avait 3 ans. Les deux chiens ont donc 1 an de différence. **57** Toujours 5 ans de moins, soit 95 ans. **58** Le vendeur doit rendre à Lupin 95 francs; l'arbalète coûtant 305 francs et les flèches 5 francs. **59** Le baron a 5 diamants, miss Nelly en a 2, le marquis 5, le major 1 et la comtesse 13. **60** Paris est la métropole, Virginie aimait trop Paul et l'ours blanc est maître au pôle. **61** Aucune, car elles se sont toutes envolées après le coup de feu! **62** Lorsqu'elle éclate, elle ne peut plus rebondir! **63** Les soldats sont face à face. **64** Un tiers et demi représente en fait une moitié ($1/3 + 1/6 = 2/6 + 1/6 = 3/6 = 1/2$). Le jardinier a donc planté 50 arbustes. **65** Chaque année, à 11 mois et 3 semaines d'intervalle. **66** Lupin doit demander: «Quel sac m'indiquerait l'autre marchand si je lui demandais lequel contient du grain ?» Une fois qu'il a la réponse, il doit choisir l'autre sac. **67** L'Everest était déjà le plus haut sommet du monde avant que l'on ait calculé son altitude. **68** Selon la logique de l'inspecteur Ganimard, il devrait proposer un rendez-vous à 18 h. En effet,

Poi s'écrit avec trois lettres (15 h), Faix avec quatre lettres (16 h), Baumont avec sept lettres (19 h), Berlat avec six lettres (18 h). **69** Ganimard avait 15 ans. **70** Une seule! La souris ne peut pas procréer toute seule. **71** Somme des bons points = 40 + 72 + 48 = 160. Part du 1er = (100 × 40)/160 = 25 francs; part du 2e = (100 × 72)/160 = 45 francs; part du 3e = (100 × 48)/160 = 30 francs. **72** Les patins ont coûté 47 francs et la bicyclette 82 francs. **73** Le dernier enfant s'appelle Irène. **74** « RDV à la Banque de France. » Les chiffres correspondent au numéro des lettres dans l'alphabet (a: 1, b: 2, etc.). **75** Seul le suspect D dit la vérité. **76** C'est la syllabe « di ». **77** De gauche à droite: as de carreau, joker, as de cœur, as de trèfle, as de pique. **78** L'eau, car, sous forme de glace, elle occupe un volume plus important que sous forme liquide. **79** 14 chevaux. Entre les deux enfants, il y a 6 chevaux sur un demi-cercle (numérotés 5, 6, 7, 8, 9, 10) et 6 chevaux sur l'autre demi-cercle (numérotés 12, 13, 14 et 1, 2, 3). **80** Dans huit jours. Il monte en réalité d'un mètre par jour; en sept jours, il aura donc grimpé 7 mètres. Le huitième jour, il atteindra le sommet avant que le soir n'arrive et qu'il ne redescende. **81** La même. Un arbre grandit par la cime; en bas, il s'épaissit. **82** Parce que la cour de l'immeuble voisin est deux fois plus grande. **83** Le cheval actionne un moulin et tourne en rond. Les pattes à l'extérieur du cercle parcourent plus de chemin que les pattes à l'intérieur. **84** Il reste 6 secondes. Entre le 1er coup et le 2e s'écoule une seconde; entre le 2e et le 3e s'écoule une autre seconde, et ainsi de suite jusqu'au 11e coup. **85** Puisque vous avez trouvé l'objet, vous ne le cherchez plus. **86** C'est un nouveau-né, il n'a pas de dents! **87** 42 personnes. Lors des 9 premières minutes, les nacelles qui arrivent devant la sortie sont vides. Lors des 9 dernières minutes, les personnes qui entrent n'auront pas le temps de faire un tour complet. **88** La durée du trajet est de 8/6 + 8/5 = 88/30 d'heures soit 2 h 56 min; il est arrivé à 10 h 56. **89** Il suffit qu'il prenne 3 chaussettes, il y en aura au moins 2 de la même couleur. **90** Il faut choisir l'un des deux papiers, mais surtout ne pas l'ouvrir et le brûler aussitôt. Puis il faut faire ouvrir le second papier resté sur la table. En y lisant « perdu », on peut en toute logique annoncer que celui qui a été choisi et brûlé indiquait forcément « gagné » ! **91** Lupin retourne les deux sabliers en même temps. Dès que le premier sablier de 4 minutes est vide, il le retourne de nouveau. Il commence alors son vol. Il reste 3 minutes dans le deuxième sablier. Dès que celui-ci est vide, il retourne le premier, dans lequel 3 minutes viennent également de s'écouler. Après s'être vidé, les 6 minutes se sont écoulées. **92** 16 boîtes de pilules bleues, 12 de pilules roses et 8 de pilules blanches. **93** Le frère, car comment peut-il savoir que l'ami est innocent s'il ne le connaît pas. **94** De gauche à droite : rouge, vert, rose, jaune, bleu, violet et orange. **95** Le baron a 33 ans et son fils 3 ans. **96** « Merci pour votre aide, Ganimard. Votre dévoué, Arsène Lupin. » Chaque lettre a été avancée de deux places dans l'alphabet. **97** 100 %. **98** On était vendredi. **99** Il leur faudra 6 minutes. Si chaque homme est désigné par une lettre de A à D, on a : A et B traversent, avec A aux rames (1 min). B ramène le bateau (1 min). C rejoint B et rame (1 min). A, B ou C repart chercher D, mais a déjà ramé (2 min). D monte et rame pour le dernier voyage (1 min). **100** Il faut 8 bûches. La cuisinière étant déjà allumée, elle met une bûche à 9 h 35, 9 h 55, 10 h 15, 10 h 35, 10 h 55, 11 h 15, 11 h 35, 11 h 55, et n'en met pas à 12 h 15 puisque la cuisson est finie. **101** Non. Un échiquier compte 32 cases blanches et 32 cases noires en alternance. En retirant 2 cases diamétralement opposées, on retire 2 cases d'une même couleur. Il restera donc 32 cases d'une couleur et 30 cases de l'autre couleur. **102** Il s'agit d'un ours blanc. Le seul endroit au monde où il est possible de faire ce trajet, c'est au pôle Nord (ou au pôle Sud, mais il n'y a pas d'ours en Antarctique). **103** O – N – D; il s'agit de la première lettre des mois de l'année. **104** Lupin a 13 vestes, Victor et Jean en ont chacun 5, Louis en a 2 et Maurice en a 1. **105** L'artiste de Paris est une femme: c'est donc la sœur d'Antoine, pas son frère! **106** Il s'agit de la lettre «m»: 1 m fait 1 000 mm. **107** C'est le deuxième qui dit la vérité. **108** C'est le premier qui a cassé la vitre. Le deuxième et le troisième mentaient pour protéger leur copain. **109** La dissolution contient 1 000 g de sucre. Pour qu'il y ait 100 g par litre d'eau, il faut 10 L d'eau. Il faut donc ajouter 2 L d'eau. **110** Ganimard a 44 ans. **111** Arsène Lupin a le plus de diamants. Ensuite viennent Marcellin, Victor, Louis et Ambroise. **112** Lupin va lancer le rubis en l'air et il retombera dans sa main. **113** Du dimanche à 11 heures au mardi à 11 heures, il s'écoule 2 jours. La montre retardera de (3 min × 2)/5 = 1 min 12 s; elle marquera donc 10 h 58 min 48 s. **114** Les invités ont 100 % de chance que ce soit le cas: ils ont systématiquement 26 rouges et 26 noires; s'ils ont plus de rouges d'un côté, ce sera contre-balancé par le nombre de noires de l'autre. **115** Ce sont deux sœurs d'un groupe de triplés. **116** De gauche à droite: Maurice, Ambroise, Lupin, Victor, Louis et Sonia. **117** Un marteau coûte 6 francs. Un clou coûte 1 franc et un tournevis coûte 3 francs. **118** Alfred va gagner 50 francs, tout comme Arthur. Peu importe le temps que chacun prend, ils vont donc finir par trier la même quantité chacun. **119** Le policier doit verser la boisson dans le pichet B, celui de Marcel. **120** Le second a pensé que son visage était sale comme celui du premier, alors que le premier a pensé que son visage était propre comme celui du second. **121** Au bout d'une minute, peu importe après combien de tours chacun. **122** C'est le deuxième qui a perdu le livre. **123** Il n'y a qu'un sillon par face sur les 78 tours. Sur ce disque, il y a donc deux sillons. **124** Non, car les pages 17 et 18 sont les côtés recto et verso d'une même feuille; on ne peut rien glisser entre les deux. **125** Eugène a la plus grande collection de timbres. Puis viennent Michel, Archibald, Nestor et enfin Pierre. **126** Si le veilleur de nuit a rêvé, c'est qu'il a dormi durant son travail. **127** La tortue arrivera en premier, elle fait la course en 5 heures. Le lièvre fait les 50 premiers kilomètres en 5 heures et les 50 derniers en 1 h 40 min. **128** Le boulanger va servir 3 croissants à Lupin. **129** Il s'agit d'un parachutiste dont le parachute ne s'est pas ouvert. **130** 70 secondes correspondent à 1 minute et 10 secondes. Le champ est donc bien carré. **131** Il suffit de verser l'encre du deuxième flacon dans le cinquième et de remettre le flacon à sa place. **132** Au mieux, ils ne pourront s'enfoncer que jusqu'au « cœur » de la forêt. Ensuite, en continuant dans la même direction, ils en sortiront. **133** Nanuk est un prénom inuit. Au pôle Nord, toutes les façades sont bien orientées vers le sud! **134** Il y a 10 invités. Le premier trinque avec 9 personnes et, comme il a trinqué avec tout le monde, il n'est plus compté. Le deuxième trinque avec 8 personnes, et ainsi de suite. Donc, pour 10 personnes, on a bien 45 tintements. **135** Le déguisement coûtera 8 francs de laine. Une grosse pelote coûte 3,20 francs et une petite coûte 2,40 francs. **136** Dimanche. **137** Le commerçant a donné à Arsène Lupin 1 billet de 10 francs, 1 billet de 5 francs et 4 pièces de 2 francs. **138** 12, car tous les mois auront au moins 28 jours. **139** L'inspecteur Ganimard est chauve! **140** 4 filles et 3 garçons. **141** Le condamné a dit: «Je vais avoir la tête coupée!» **142** Tout d'abord, Lupin doit appuyer sur l'interrupteur 1 et laisser allumé quelques secondes. Ensuite, il doit appuyer sur l'interrupteur 2 et ouvrir la porte. Si la lumière est allumée, l'interrupteur 2 est le bon. S'il fait noir, il faut toucher l'ampoule. Si elle est chaude, l'interrupteur 1 est le bon; si l'ampoule est froide, c'est l'interrupteur 3. **143** Arsène Lupin a une chance sur six de retomber sur un 5, les trois premiers lancers n'influençant pas le résultat. **144** $101 \times 5 = 505$. Lupin voulait dire «SOS»! **145** Benjamin est un petit garçon qui ne peut pas atteindre le bouton du 15e étage, situé plus haut que celui du 12e. Mais, aidé par un adulte ou muni de son parapluie, il parvient à appuyer sur le bon bouton. **146** Il a apporté trois pierres précieuses : une rouge, une bleue et une verte. **147** Lupin serre la main à 6 personnes. Le deuxième serre la main à 5 personnes, le troisième à 4 autres, et ainsi de suite. Cela fait 21 poignées de main. **148** Deux poules ont pondu 2 œufs roux, 2 œufs blancs et 2 œufs beiges. La troisième n'a rien pondu. **149** 20 %, soit 1 chance sur 5. **150** Un cadre. **151** Il va devoir la casser 29 fois pour obtenir 30 carrés. **152** Le deuxième joueur : s'il avait découvert 9 paires, il aurait trouvé la dernière. **153** Son père. **154** Lupin doit dérober 5 timbres à la comtesse. **155** Lupin doit répondre « six », car la réponse correspond au nombre de lettres qui composent le chiffre annoncé par le gardien. **156** Le chat va passer sur le pont, car il ne sait pas lire ! **157** Lupin mettra 26 km/5 = 5 h 12 min. Sonia mettra (15 min × 26)/3 = 2 h 10 min. Sonia pourra donc partir à 8 h 02. **158** Alfred dépose sur la première étagère 9 pots, puis 8, 7, 6, 5, 4, 3, 2 et, enfin, 1 pot sur la neuvième étagère. **159** Marcel rejoindra logiquement Ganimard sur la ligne des

95 mètres. Marcel étant le plus rapide, il franchira la ligne d'arrivée le premier. **160** Pour passer en premier, il faut porter le numéro 31. **161** 6 vaches peuvent être nourries pendant 60 jours; 8 vaches peuvent être nourries pendant x jours. Les grandeurs sont inversement proportionnelles, donc $x = 60 \times 6/8 = 45$ jours. **162** $(3 - 7 \div 4) \times 8 = 10$. **163** Lupin arrivera au rendez-vous 20 minutes avant Maurice. **164** 5 chats suffisent. **165** 4 minutes. **166** Il s'agit d'un cercueil. **167** Vendredi. **168** De gauche à droite: une femme de ménage, le cuisinier, un jardinier, une femme de ménage, un jardinier et le majordome. **169** La lettre «t». **170** Lupin pense à un téléphone. Si le roi est le seul à en posséder un, il ne pourra pas l'utiliser! **171** 110 km/h. Le prochain chiffre que l'on peut lire dans les deux sens est 79097. **172** Il n'a pas de poule mais a certainement un autre oiseau, comme une caille. **173** La petite fille a 5 ans. Sa grande sœur a 10 ans, sa mère 30 et son père 35. **174** Un tableau noir. **175** Dans le seau A, car dans le second seau il y a de la glace: 20 °F correspond à −6 °C. **176** Ils sont 9: l'inspecteur Ganimard, sa femme, leurs 6 garçons et la sœur des garçons. **177** Il a une pièce de

20 centimes et une pièce de 5 centimes. Une des deux pièces n'est donc pas de 5 centimes. **178** Il remplit la cruche de 3 L et la verse dans celle de 5 L. Puis il remplit la cruche de 3 L et la verse pour remplir la cruche de 5 L. Il lui reste donc 1 L dans la cruche de 3 L. **179** La montre marquera 18 h 39. **180** 1 250 mL correspondent à 5/4 de litre. Arsène Lupin remplit le pot de 3/4 de litre, verse son contenu dans le second, dans lequel il reste de la place pour 2/4 de litre. Il remplit de nouveau le premier pot et verse le contenu dans le second. Il reste alors 1/4 de litre dans le premier pot. **181** Lupin n'a pas eu un prix d'ami, c'est le deuxième client qui a trop payé : n'ayant eu que 3 traits de coupe sur sa planche, il aurait dû payer 3 francs. **182** C'est le fils de Maurice. **183** Son grand-père paternel. **184** Il y a 32 manteaux à disposition. 20 × 8 manteaux = 160 manteaux. 160/5 = 32 manteaux. **185** Il y a 7 pages avant la 8ᵉ, il y a donc 7 pages après la 77ᵉ. **186** Elle dirait simplement : « Je voudrais une paire de lunettes. » **187** Le traitement ne dure qu'une heure : Arsène Lupin va par exemple prendre la première gélule à 10 h, la deuxième à 10 h 30 et la troisième à 11 h. **188** La lettre

« m ». **189** La fourchette. **190** Aucune chance ! Il est impossible que deux d'entre eux repartent avec le bon parapluie sans que ce soit également le cas pour le troisième. **191** De leur propre nom. **192** S'il l'énonce à haute voix : 4, 20, 10, 9 et 1, cela vaut bien 44. **193** De gauche à droite : la fleur rouge, la verte, la rose, la jaune, la bleue, la violette et enfin la fleur orange. **194** Lupin doit d'abord gratter une allumette ! **195** Ses deux autres côtés mesurent 300 m chacun (3 ha = 30 000 m²). **196** Ni Henri ni Louis ne sont coupables, puisqu'ils sont accusés par des menteurs. Il n'en reste donc qu'un : Marcel. **197** Le verbe employé par Lupin est « suivre » et non « être ». En suivant le premier, il arrive deuxième. **198** Il est 1 h 30. 12 h 30 = 1 coup ; 1 heure = 1 coup ; 1 h 30 = 1 coup. **199** Il ne lui reste pas 28 mais 9 poules. **200** L'équation est possible si « DIX » est une série de chiffres romains ce qui donne 509, nombre en effet plus grand que 500. **201** À 11 h 45. Si le nombre de bactéries double toutes les 15 minutes et que l'éprouvette est pleine à midi, elle sera à moitié pleine un quart d'heure plus tôt. **202** Il y aura 19 fois le chiffre 9 : 9, 19, 29, 39, 49, 59, 69, 79, 89, 90, 91, 92, 93, 94, 95, 96,

97, 98, 99. **203** La distance parcourue par jour est de 0,75 m × 2 750 × 2 × 2 = 8 250 m ou 8,250 km. Le nombre de jours de travail de Ganimard en une année est de 365 – 65 = 300 jours. Le chemin parcouru en un an est ainsi de 8,250 km × 300 = 2 475 km. **204** La première est une mamie, puis on trouve le boulanger, un enfant, une mamie, un enfant et enfin la boulangère. **205** En 1919, on ne savait pas qu'il y allait y avoir une Seconde Guerre mondiale. **206** Toujours au 2e barreau, car le bateau flotte. **207** Au minimum 12 minutes. Le steak 1 cuit sur une 1re face avec le steak 2 (1re face); puis il cuit sur sa 2e face avec le steak 3 (1re face). Une fois le steak 1 cuit sur ses 2 faces, Arsène Lupin remet le steak 2 dans la poêle pour cuire sa 2e face, en même temps que le steak 3 (2e face). **208** Si ces numéros sont sur liste rouge, ils seront introuvables dans l'annuaire. **209** La moitié de la quantité de lingots contenue dans la barrique pèse 35 – 20 = 15 kg. Donc la barrique pleine contient 15 × 2 = 30 kg. La barrique vide pèse donc 35 – 30 = 5 kg. **210** Une botte de paille coûte 1 franc; une botte de foin coûte 2 francs; une botte de luzerne coûte 3 francs; une botte de trèfle coûte 4 francs. **211** 3 escargots, en plus des 7 grenouilles (28 pattes), des 6 souris (12 oreilles et 24 pattes) et des 4 oisillons (8 ailes et 8 pattes). **212** « Voulez-vous du thé ? » La phrase est écrite à l'envers. **213** Il lui en reste 8, malgré tout, dans le seau. **214** Pierre a cassé la vitre : il accuse Ambroise de mentir alors qu'il n'a même pas encore témoigné. **215** Il faut 100 parts pour 10 francs. Le majordome va donc acheter 90 tartines (4,50 francs), 9 petits fours (4,50 francs) et 1 part de quiche (1 franc). **216** Il fait jour. **217** L'expérience ne durera que 3 minutes : le premier passe le message à trois autres participants et tous ceux qui ont reçu le message pendant les deux premières minutes peuvent à leur tour le transmettre aux autres. **218** C'est Maurice ! **219** Le train circule à 60 km/h. S'il s'est écoulé 30 s entre le moment où l'avant du train arrive sur le pont et le moment où l'arrière du train le quitte, le train a en fait parcouru 500 mètres (500 m en 30 s, soit 60 km/h). **220** Ganimard parle du dessous du fauteuil. **221** Le boucher va vendre 5 canards à Lupin. **222** Mardi. **223** Nous sommes mardi. **224** En regardant une horloge ! Si l'on part du principe que chaque chiffre correspond à une heure de la journée, les trois égalités sont vraies. **225** 7 traversées. Il prend le chat, puis revient. Il embarque ensuite le cochon d'Inde, et revient avec le chat. Il traverse avec le chien. Un dernier aller-retour lui permet de récupérer le chat. **226** 8 corbeaux (16 yeux et 16 pattes) et 7 renards (14 yeux et 28 pattes). **227** Le chien aura parcouru 10 km puisqu'il court toujours à 10 km/h. **228** La vie, car plus on y avance, plus le temps qui reste à vivre diminue. **229** La première page du premier livre est du côté du deuxième livre, tandis que la dernière page du dernier livre est du côté de l'avant-dernier livre. Le ver n'a traversé que 3 des 5 livres, soit 752 pages. **230** Les yacks vivent dans l'Himalaya, pas dans les Andes. **231** Ganimard parle des petits-enfants. **232** L'histoire de monsieur Rozaine est fausse : il est impossible de dépasser le dernier puisqu'il est justement dernier ! **233** Fernand est le coupable, Victor dit la vérité. **234** Il peut gratter l'allumette, puis l'éteindre aussitôt pour ensuite tracer une croix avec le bout éteint. **235** Les durées de trajet sont identiques, 1 h 20 = 80 min. **236** Clarisse a 42 ans. **237** Ils sont trois garçons et quatre filles. **238** De la lettre « e ». **239** $C = 8$, car $A = 0$ et $B = 1$. $888 + 88 + 8 + 8 + 8 = 1\,000$. **240** Le résultat est 4 100. **241** Il y a 36 personnes dans l'autobus : 25 en bas, 10 en haut et le chauffeur ! **242** 36 chats (18 blancs et 18 noirs) ; maintenant, il y a 13 chats blancs et 26 chats noirs. **243** Nous sommes le 1er janvier et cette dame est née le 31 décembre. Avant-hier, le 30 décembre, elle avait 27 ans. Elle a eu 28 ans hier. Elle aura 29 ans cette année et 30 l'année prochaine. **244** Un tiers et demi correspond à une moitié, car $1/3 + (1/2 \times 1/3) = 1/3 + 1/6 = 2/6 + 1/6 = 3/6 = 1/2$. Lupin a volé 50 tableaux. **245** Les deux enfants ont 6 ans, ils sont jumeaux ! **246** 9 – 3 – 1. Chaque nombre est le résultat du précédent divisé par 3. **247** Oui et non. « Introuvable » a bien 11 lettres différentes... et c'est la preuve qu'il en existe. **248** La comtesse ment à Mme Imbert, Arsène et Sonia se sont partagé l'argenterie. **249** Le premier chapeau coûte 6 francs et le second 8 francs. **250** Si x est le nombre de garçons, le deuxième danse avec $5 + 1$ femmes et le xe danse avec $5 + x - 1$ femmes. Il y a donc x hommes et $5 + x - 1$ femmes. On a donc : $x + 5 + x - 1 = 20$, d'où $2x = 20 - 4$ et $x = 16/2 = 8$ hommes. Il y a 8 hommes et $20 - 8 = 12$ femmes.